KB053137

행복과 친해지기로 했습니다

"행복을 너무 멀리서 찾지 마세요.

행복은 생각보다 가까이에 있습니다."

"어떻게 이런 글을 썼지?"라는 생각을 하게 하는 책
이 있습니다. 이 책은 "이런 글은 나도 쓸 수 있겠어."
라는 생각을 하게 하는 책입니다. 제 글은 누구나 할
수 있는 말을 아무도 해주지 않아서, 나조차 나에게 해
주지 않아서 시작된 글입니다. 더 많이 힘들고 더 적게
위로 받았던 나를 위해서 또 제가 사랑하는 사람들을
위해서 쓰게 된 글입니다.

　제 글을 읽으시면서 조금이나마 느끼셨으면 합니다.
우리가 무심코 지나치는 많은 순간들을요. 하루에도
많은 순간들을 만나지만, 그 순간이 마냥 행복하게 느
껴지지는 않습니다.

　내가 나에게 위로 한 마디 하지 못하고 지나간 순간
들. 위로 한 번 건네지 못하고 지나간 인연들. 그냥 지

나쳐온 순간들은 후회로 남고 우리는 더 외롭고 슬퍼집니다. 위로가 있었다면 그 순간들 또한 소중해졌겠지요.

먹고 살기는 쉬워졌는데, 먹고 살기가 싫어진 세상을 살아가는 우리. 몸은 오래 살겠다는데, 마음은 오래 살기 싫다고 생각하는 우리. 상처받는 사람은 많아졌는데, 위로해주는 사람은 적은 각박한 세상을 살아가고 있습니다. 이 책을 읽는 동안만이라도 더 적게 힘들고 더 많이 위로받으셨으면 좋겠습니다. 누구나 해줄 수 있는 흔한 위로의 말을 당신에게 보냅니다.

언젠가 당신도 누군가에게 위로를 건네기를 바라며.

- 윤슬 보냄

1

나를
사랑하지
못하는
나에게

그때의 나에게 · 나는 나의 반려자 · 돌탑을 쌓는 일
· 다독여주세요 · 자기다움으로 · 지켜야 했던 것 ·
오늘 하루라도 · 나를 골라 쓰자 · 보호해 주세요 ·
내게 필요한 사람 · 나를 다치게 한다면 · 마음에 드
는 옷 · 놓치고 사는 것 · 반사 작용 · 나라서 충분한
삶 · 있는 그대로의 나 · 이제부터라도 · 나를 사랑하
는 일 · 균형을 맞추는 것 · 나만 없어 자존감 · 이해
와 존중 · 나와 가장 가까운 · 나의 숲에는 · 내게 사
랑받고 싶다 · 버리지 않기로 했다 · 나는 이런 사람
입니다 · 인생의 주연

2

버리는 것이
고작이었던
아픈
마음에게

마음이 무거울 땐 · 떠나게 될 거예요 · 얼마나 더 예
쁠까 · 빛나는 너에게 · 마음을 참으면 · 취급주의 하
세요 · 방어기제 · 아파해도 괜찮다 · 자연치유가 되
도록 · 내 발밑에 행복 · 나에게 맞는 인생 · 내 마음
을 바꾼다면 · 뜯어보지 않은 선물 · 행복을 미뤄두
었다 · 내가 누릴 수 있는 · 남들과 나른 나 · 마음의
얼룩 · 밀물과 썰물처럼 · 그냥이라는 말 뒤에 · 마음
충전하기 · 기억하지 마세요 · 꼭꼭 씹어주세요 · 아
낄 줄 알아야 한다 · 나의 마음 조각 · 저마다 아픔이
있기에 · 다음에 말고 이번에 · 행복은 일상에 있다 ·
나의 모든 순간 · 내가 먼저 · 우리도 그렇게 자란다
· 내 삶에 대한 의무 · 아무 이유 없는 · 피어날 거야 ·
행복지는 길 · 한 손에는 네 손을 · 옆 길로 새면 어때

（3）

사는 게
무척이나
버거운
너에게

기다려주세요 · 완벽하지 않은 · 잘하지 않아도 돼 · 인생의 온도 · 별거 아닌 불안 · 흔들려도 괜찮아 · 가끔은 져도 된다 · 다치지 않기를 · 버거웠던 것뿐이다 · 완벽한 순간 · 실수하면 어때 · 각기 다른 모습으로 · 선택의 두려움 · 한계를 받아들이다 · 눈사람처럼 · 언젠가는 올 거예요 · 터널의 끝에는 · 가려졌을 뿐입니다 · 나에게도 충분히 · 단순하게 살자 · 그러면 되는 거였다 · 나침반처럼 · 인생이라는 퍼즐 · 새로운 이야기 · 그저 자라자 · 고양이처럼 · 정답으로 가는 길 · 넝쿨처럼 넘어가길 · 포기할 용기 · 당신이 넘어온 것들 · 처음 살아보는 인생 · 잘하고 있다 · 낭비해도 괜찮아 · 산책하듯이 · 살아갈 준비 · 마음 챙기면서 해요 · 하루를 보냈다 · 의미 없는 날은 없다

위로를 마치며

나라는 이유만으로
만날 수 있는 사람이 있고
받을 수 있는 사랑이 있다.

1.

나를 사랑하지

못하는 나에게

그
때
의

나
에
게

계속해서 후회를 한다는 건
과거에 그런 선택을 하고
그런 행동을 했던 나를 용서하지 못하고
계속 나 자신에게 화를 내고 있다는 것이다.

그러니 계속되는 후회는
자기반성도 자기성찰도 아니다.

오히려 나를 움츠러들게 하고,
나 자신을 사랑할 수 없게 만드는
자기학대이다.

그럴 수밖에 없었을 것이다.
분명 그럴 수밖에 없었던 사정이 있었을 것이다.

그러니 다른 사람은 다 이해해 주지 못해도

나만큼은 그럴 수밖에 없었던
그때의 나를 용서해주었으면 좋겠다.

나만큼은 그럴 수밖에 없었던
그때의 나를 보듬어주었으면 한다.

나는 나의 반려자

개가 짖고 물어뜯고
말썽을 피운다고 해서
내 뜻대로 되지 않는다고 해서
우리는 반려하는 개를 버리지 않아요.

반려라는 것은
즐거울 때나 괴로울 때나
평생을 함께 하기로 한 존재이니까요.

우리가 인생에서 만난
첫 반려자는 바로 나 자신이에요.
죽을 때까지 평생을 함께 해야 하는
반려자인 거죠.

그러니 내가 내 말을 듣지 않는다고 해서
내 뜻대로 되지 않는다고 해서

마음에 들지 않는 행동들을 한다고 해서
나를 버리면 안 되는 거예요.

나는 나를 반려하기 위해 태어났으니까요.

돌
탑
을
쌓
는
일

크고 작은 제각각의 돌들을
정성스럽게 쌓다 보면
비바람에도 흔들리거나
무너지지 않는 돌탑이 완성되는 것처럼

자존감 또한 돌탑을 쌓듯이
정성을 다해 쌓다 보면
주변의 어떤 흔들림에도 굴하지 않는
스스로 지킬 수 있는 힘이 된다.

평평하고 쌓기 좋은 돌이 없어도 괜찮다.
제아무리 평평하고 쌓기 좋은 돌이 많을지라도
쌓는 사람의 의지가 없으면
높이 올라가지 못하는 것처럼

어떤 돌이든

하나하나 정성스럽게 쌓는 것이 더 중요하다.
쌓아 올리려는 마음과 의지가 더 중요하다.

작고 모난 돌들도
성실하게 끝까지 쌓아 올렸을 때
비바람에도 흔들리거나
무너지지 않는 돌탑이 되는 것처럼

우리의 작고 모난 부분들도
성실하게 끝까지 쌓아 올렸을 때
비바람에도 흔들리거나
무너지지 않는
자존감을 가지게 될 것이다.

다
독
여
주
세
요

우리는 힘든 일이 생겼을 때
갑자기 뜻밖의 일을 겪게 됐을 때
나를 가장 먼저 제물로 바친다.
나를 가장 먼저 희생양으로 삼는다.

나에게 분풀이하고 화내고
모든 것을 내 탓으로 돌리고
짜증내고 신경질 부리고
싫어하고 미워하고 원망하고
나를 더 힘들게 하는 행동들을 서슴없이 한다.

힘든 일이 생기면
제일 먼저 나를 챙겨야 한다.
제일 먼저 나를 돌보아야 한다.

힘들 때 자신을 제물로 바치지 마라.

자신을 희생양 삼지 마라.

나를 잘 다독여주며
나를 잘 돌보아주어라.

지금 가장 힘든 사람은
다른 누구도 아닌,

바로 나 자신일 테니까.

자
기
다
움
으
로

누워있을 때에도 앉아있을 때에도
잠을 잘 때에도 무언가를 할 때에도
우리는 본능적으로 자신에게 맞는
가장 편한 자세를 찾게 돼요.

그래서 사람마다 잠을 자는 자세도
평소에 쉬는 편한 자세도 서로 다를 수밖에 없어요.
인생을 살아갈 때에도 마찬가지가 아닐까요?

자신에게 가장 잘 맞는 편한 모습이
서로 다른 것뿐이라는 말이에요.

그러니 서로가 서로의 모습을
다정하게 바라봐 주었으면 좋겠어요.

본능적으로 편한 자세를 찾듯
자신에게 가장 잘 맞는 편한 모습으로
눈치 보지 말고 살아갈 수 있었으면 해요.

내가 되고 싶은 사람이 되어
내가 좋아하는 것을 마음껏 좋아하고
마음껏 입고 마음껏 하면서

그렇게 모두 자기다움으로 사는 것이
어렵지 않은 세상이 되기를 바라요.

지
켜
야

했
던

것

어렸을 때 나에겐 보물이 있었다.
어디선가 주운 작은 돌멩이와 조개껍데기
예쁜 색색의 단추들과 나뭇잎 같은 것들.

어른들의 눈에는 그저 쓸데없는 물건이고
버려야 되는 쓰레기일 뿐이지만,
나에게는 세상에서 가장 소중한 보물이었다.

어른들이 버리라고 했을 때
내 보물을 왜 버려야 하냐며 화를 냈었다.

그렇게 꿋꿋하게 보물을 지키던 내가
어른이 된 지금은 소중한 것을 지키고 있지 않았다.

쓸데없다는 다른 사람들의 말에 흔들려
정말 쓸데없는 것이라고 생각하게 된 걸까.

나에게 소중한 것들은
내가 지켜야 하는 것이었는데.

그것이
내 취미든 내 취향이든
내 선택이든 내 꿈이든
나 자신이든 내 인생이든

어릴 때처럼 당당하게 화내면서
내가 지켜야 하는 보물이었는데.

정
말
괜
찮
은
건
지

몸은 참 정직한데,
마음은 참 정직하지 못할 때가 많았다.

마음이 아파도 아프지 않은 척
다 낫지 않았는데도 다 나은 척
괜찮지 않아도 괜찮은 척

그래서 몸보다 마음을 더 들여다 보아야 한다.

또 괜찮은 척하고 있는 건 아닌지
상처 났는데도 가만히 두고 있는 건 아닌지

아플 때 누가 들여다보면서
괜찮냐고 물어봐주면 그렇게 고마울 수가 없다.

그러니 내 마음도
한 번씩 들여다보며 꼭 물어봐 주어라.

"나 괜찮아? 진짜 괜찮은 거야?"

괜찮냐는 물음은 다른 사람이 아니라
내 자신에게 들어도 힘이 되는 말이니까.

오늘 하루라도

별로 무겁지 않다고 생각했던 가방도
오래 메고 있으면
점점 더 무겁게 느껴지고
어깨도 아프기 시작한다.

어쩌면 걱정도 슬픔도
너무 오래 들고 있던 탓에
점점 더 무거워져
아프기 시작하는 것은 아닐까.

내려놓으면 되는 것을 내려놓지 못해
스스로를 아프게 하는 것은 아니었을까.

걱정도 슬픔도
한순간에 모두 내려놓을 수 없다면
꾸준히 조금씩이라도 내려놓는 것이 어떨까.

완전히 내려놓을 수 없다면
오늘 단 하루만이라도
걱정과 슬픔을 내려놓았으면 한다.

너무 오래 계속 들고 있으면 더 아플 테니까.

나
를
골
라
쓰
자

꼭 나를 고쳐야 하는 걸까.

내가 가진 모든 단점을 고치고
모든 부분에서 완벽한 사람이 되어야 하는 걸까.

완벽한 사람이 되기 위해 애쓰다가
좋은 순간들을 다 떠나보내게 되지 않을까.
그 과정에서 나는 나 자신을 사랑할 수 있을까.

계속 부족한 점을 지적하며
고쳐야 한다고 말하는 나를
나는 사랑할 수 있을까.

잘난 내가 있다면
못난 내가 있고

무언가를 잘하는 내가 있다면
무언가를 못하는 내가 있고

이기적인 내가 있다면
이타적인 내가 있잖아.

이제부터는
나를 고쳐 쓰려 하지 말고
나를 잘 골라 쓰기로 했다.

이미 나에게 있는
좋은 나를 필요한 때에
잘 골라 쓰면 되는 거니까.

보
호
해 주
세
요

마음 약하고 쉽게 흔들리고
상처 잘 받으면 어때요.

소심하고 여리고
눈물 많은 게 뭐 어때서요.

깨지기 쉬운 크리스탈이라면
더 소중하게 대하는 사람을 만나면 돼요.
내가 나를 더 소중하게 여겨주면 되는 거예요.

아름다운 것에
그만한 노력은 필요한 거잖아요.

내
게
필
요
한
사
람

내 세상에서 가장 필요한 사람은
바로 나 자신이다.

나는 이미 내 세상에서 가장 소중하고
절대 없어서는 안 되는 단 하나의 존재인데

왜 우리는 다른 사람의 세상에서
소중하고 필요한 사람이 되려고 하는 걸까.

왜 내 세상을 등지고 다른 사람의 세상에서
소중하고 필요한 존재로 인정받으려고 하는 걸까.

나
를
다
치
게
한
다
면

손톱이 살 안으로 파고 들어
우리를 아프게 한다면
우리는 손톱을 뽑아내야 해요.

아무리 나를 지켜주고
나를 보호해주던 것일지라도

오랜 시간 나의 일부분으로
자리 잡고 있었던 것일지라도

다시는 나를
다치게 하지 못하게 말이에요.

망설이다가 뽑지 못한다면
언젠가는 더 큰 상처를 입게 될 수도 있으니까요.

나의 일부분이었을지라도,
나를 지켜주고 보호해주던
무척이나 소중한 것일지라도 말이에요.

마
음
에

드
는

옷

지금보다 더 어렸을 때는
신발을 짝짝이로 신기도 하고
예쁜 핀이란 핀은 모조리 머리에 꽂기도 하고
빨간색이 좋아 위아래 빨간색 옷을 입기도 하고
양말에 슬리퍼를 신기도 하고

좋아하는 만화 주인공이 크게 그려진
티셔츠를 입기도 했었다.

다른 사람들 눈에 어떻게 보이는지 상관없이
그냥 입고 싶은 옷은 다 입었다.

내가 선택한 거라면 뭐든 괜찮았다.
입고 싶은 옷을 내가 직접 선택한 거라면
그게 다른 사람들 눈에 어떻게 보이든
하나도 신경 쓰지 않았다.

지금 어른이 된 우리에게도
그런 용기가 필요하다.

다른 사람들에게 어떻게 보이든 상관없이,
내가 원하는 것을 선택할 수 있는 용기.

이거 입어도 괜찮을까
이상하게 보이지는 않을까
너무 튀어 보이지는 않을까

그런 걱정을 할 시간에
내가 제일 마음에 드는 옷을 입을 용기 말이다.

놓치고 사는 것

우리는 많은 것들로부터
스스로를 소외시킨다.

가장 중요한 것은
다른 누군가가 아닌 나라는 사실을 잊은 채

다른 사람의 기분을
상하게 하기 싫다거나
다른 사람에게 사랑받고 싶고
인정받고 싶어서

또 누군가의 무엇이 되고 싶거나
사회의 무엇이 되고 싶어서

내 마음으로부터
내 감정으로부터

내 선택들로부터
내 행복들로부터
계속해서 소외시킨다.

그렇게
결국 자신을 잃어버리게 된다.

반
사
작
용

뜨거운 물체에 손이 닿았을 때
반사적으로 손을 떼는 것처럼

내가 어떤 위험에 닿았을 때
반사적으로 나를 떼어내야 한다.

나를 아프게 하는 것이 있다면
반사적으로 나를 떼어냄으로써
나를 지켜야 한다.

하지만
우리는 종종 그 사실을 잊어버리며 산다.

나를 아프게 하는 사람들로부터
나를 아프게 하는 어떤 일들로부터
나를 떼어내는 것이 아니라

가만히 나를 갖다 대고 있을 때가 있다.
점점 내가 다치고 있는 것도 모르고 말이다.

물건뿐만 아니라 사람 사이에서도
반사 작용이 필요하다는 사실을
잊지 않았으면 한다.

나
라
서

충
분
한

삶

나라는 이유만으로
만날 수 있는 사람이 있고
받을 수 있는 사랑이 있다.

이것은
내가 비록 다른 사람들보다 부족하고
무엇 하나 잘난 것이 없을지라도
내가 나를 싫어할 수 없는 이유가 될 것이다.

그러니 내가 누릴 수 없는
다른 사람들의 삶에 대해 부러워하거나
슬퍼하거나 원망하지 말고

내가 나라서 받을 수 있는 사랑에 대해 감사하며
내가 나라서 누릴 수 있는 삶을 살아야겠다.

그렇다면 굳이 불행할 이유도,
굳이 행복을 찾지 못할 이유도 없을 테니까.

있
는
그
대
로
의

나

언제부터 나는
있는 그대로의 내 모습을
부끄러워하게 된 걸까.

언제부터 나는
나를 포장하게 된 걸까.

마치 선물을 포장하듯
포장지를 고르고 리본을 골라
조금의 빈틈도 보이지 않도록
모조리 포장지로 돌돌 감쌌다.

나는 누군가에게 잘 보이기 위해
누군가에게 선물이 되기 위해
태어난 사람이 아닌데도 불구하고 말이다.

나는 나에게 주어진 선물이다.
나는 내 인생에 주어진 선물이다.
다른 사람의 마음에 들기 위해 애쓰며
다른 사람의 선물이 되려고 노력하지 않겠다.

있는 그대로의 나라는 선물을
나에게 전해주고 싶다.

주변에 있는 수많은 사람들과
나를 향한 수많은 말들과 감정들 중에서
어떤 방향으로 힘을 실어줄지

호의에 힘을 실어줄지, 적의에 힘을 실어줄지
칭찬에 힘을 실어줄지, 비난에 힘을 실어줄지
나를 좋아하는 사람에게 힘을 실어줄지
나를 싫어하는 사람에게 힘을 실어줄지

그 모든 것들은 결국
내 선택이고 내 의지였다.

내가 어디에 힘을 실어주느냐에 따라
상처를 받을 수도 있고
위로를 받을 수도 있는 거였다.

그러니 이제부터라도
나를 상처 주는 것들에게
힘을 실어주지 않기로 했다.

설사 그것이 나 자신일지라도
나와 가까운 사람일지라도 말이다.

내가 힘을 실어주지 않는다면
나에게 그 어떤 것도 영향을 줄 수 없을 테니까.

나를 사랑하는 일은
결과에 따라 성과에 따라
차등 지급해야 하는 것이 아니다.

그저 나라서,
꾸준히 살아가고 있는 나라서
열심히 버티고 있는 나라서
그래서 사랑을 주어야 한다.

매일 출근하면 월급을 받는 것처럼
매일 살아내는 나에게 사랑을 주어야 한다.

가끔 너무 힘들거나 지친다고 해도
내가 나에게 사랑을 주게 된다면
앞으로도 계속해서 살아갈 수 있을 테니까.

균형을 맞추는 것

대개의 사람들은
자기 자신만 생각하는 사람이 나쁘다고 말한다.

하지만
자신이 아닌 남들만 생각하는 사람도 있다.
그런 사람들은 자신에게 나쁜 사람이라고 생각한다.

우리는
균형을 잘 맞추는 사람이 되어야 한다.
한 쪽이 서운해지지 않게
한 쪽만 참고 양보하며 배려하지 않게.

남을 생각하는 만큼 자신을,
자신을 생각하는 만큼 남을 생각하며 살아야 한다.

나
만
없
어
자
존
감

요새 자존감이 유행이라던데
나만 자존감이 없는 것 같아서
나조차 나를 사랑해주지 못하는 것 같아서
한없이 작아질 때가 있다.

하지만 내가 나를 사랑하지 않아도
스스로에게 못된 말을 하거나
스스로를 못살게 굴고 괴롭히지 않는다면
내 삶은 훨씬 더 살만해지지 않을까.

내 삶을 힘들게 했던 건
부족하고 못난 나였을까.

스스로를 타박을 하고
못된 말을 하고 못살게 굴고
괴롭히던 나였을까.

모든 행동에 의미부여하며
나를 탓하고 못살게 구는 것보다
내가 나를 영원히 아픈 손가락으로
생각해주면 되지 않을까.

아픈 손가락이니까
한 번이라도 더 들여다보고
한 번이라도 더 마음 쓰고
자기 자신을 돌보면서
자비를 베풀면서
살면 되지 않을까.

내가 나를 사랑하지 않아도
내가 나를 괴롭히고 못살게 굴지 않는다면
내 삶은 훨씬 더 살 만해질 테니까.

다른 사람에게 이해받기 위해
노력하며 살 필요는 없다.

다른 사람의 이해받는 것보다
자신에게 이해받는 것이 훨씬 중요하다.

사람마다 살아온 방식이 다르기에
우리는 서로를 온전히 이해할 수도 없고
애써 이해할 필요도 없다.

우리는 문화, 언어, 종교, 나라가 다른 사람들과
친구가 되기도 하고 같이 어울려 살기도 한다.

모든 것들을 온전히 이해할 수 없다고 하더라도
환경이 다르니 어쩔 수 없는 부분이라 생각하며
그대로 존중하면서 말이다.

그러니
나와 타인이 다르다고 해서
그 사람의 이해를 구할 필요 없다.
그 사람을 납득시킬 필요도 없다.

굳이 노력해야만 하는 사람이 있다면 멀리하고
있는 그대로를 존중해주는 사람들과 살아가면 된다.

나
와

가
장

가
까
운

내가 넘어졌을 때
나를 격려하고 지지하여
다시 일어서게 했던 사람도 나였고

또 넘어질 거라며
나를 비난하고 무시하여
계속 주저앉게 했던 사람도 나였다.

결국
내 인생을 가장 쉽게 망칠 수 있는 것도
내 인생을 가장 쉽게 구원할 수 있는 것도
나 자신이었던 것이다.

나는 나를 망칠 수 있는 가장 큰 적이자
동시에 나를 구원할 수 있는 사람이었다.

그러니
내가 나에게 가장 큰 적이 되어
스스로를 괴롭히지 말고

내가 나에게 가장 가까운 사람이 되어
스스로를 응원해줘야 했다.

내가 나에게 해주는 말이
나를 무너지게 하는 말이 아닌

다시 나를 일어설 수 있게 해주는
말이 가득하기를 바란다.

나
의

숲
에
는

우리는 모두 숲이다.
그 숲속에는 다양한 나무들이 자란다.

없던 나무가
새로 생기기도 하고
조그맣던 나무가
가장 큰 나무가 되기도 한다.

어느새 울창해진 숲에는
정 많은 나무도, 소심한 나무도
감정적인 나무도, 다정한 나무도
모두 함께 자라난다.

누군가가 나의 한 그루 나무를 보고
조금 실망한다고 해도 걱정할 것 없다.

나에게는 또 다른 나무가 있기에
또 다른 나무를 보여주면 된다.

누군가가 갑자기 나에게서 멀어진다면
내 숲을 다 둘러본 것이 아닐 것이다.

몇몇 나무만을 보고
자신과는 맞지 않는 숲이라고 판단한 것이다.

속상해하거나 슬퍼할 것 없다.
우리는 지금 이대로 충분한 사람이다.

내
게
사
랑
받
고
싶
다

어렸을 때에는
누군가에서 항상
사랑받고 싶어했다.
나를 제외한 모든 사람들에게 말이다.

하지만 나이가 들수록
다른 사람들에게 사랑받는 것이 아닌

나에게 사랑받는 것이
제일 중요하다는 생각이 든다.

다른 사람들에게 사랑받기 위해
나다움을 포기하고 나를 바꾸려 하고
나를 자꾸만 고쳐야 한다고 생각하게 되니까.

다른 사람들에게
다른 모습이 되어
사랑받으려 하지 않고

나에게 있는 그대로의
내 모습으로 사랑받고 싶다.

우리는 다른 사람에게
사랑받기 위해 태어난 것이 아니다.

나답게 나다운 모습으로
나에게 사랑받으며
자유롭게 살기 위해 태어난 것이다.

버
리
지 않
기
로
했
다

사람을 잃기가 싫어
나를 잃었던 적이 있었다.

나를 놓지 말고
그 사람을 놓았어야 했는데

좋아 보인다는 이유로
함께하고 싶다는 이유로
다시는 가질 수 없을 것 같다는 이유로
항상 내가 아닌 다른 사람을 택했다.

어차피 지나가면 사라질 것들,
반짝하고 빛나다 금방 흐려질 것들이었는데.

앞으로는 잠깐의 찰나를 위해
나를 버리지 않기로 했다.

다른 세상을 지키겠다는 이유로
나의 세상을 버리지 않기로 했다.

다른 것을 다 잃게 되더라도
다시 한번 내 자신을 잃고 싶지는 않아서.

나
는
이
런
사
람
입
니
다

이십 대, 삼십 대, 여자, 남자, 미혼, 학생
직장인, 엄마, 아빠. 딸, 아들, 첫째, 막내.

우리는 너무 많은 명사들에
스스로를 가둡니다.

저 또한
저를 가두는 명사들이 있습니다.
하지만 더 이상 명사에 갇히지 않으려고 합니다.

너무 삼십대도
너무 여자도
너무 미혼도
너무 직장인도
되지 않으려고 합니다.

어떤 명사로 가두는 건
보이지 않는 목줄로 나를
끌고 다니는 것일 테니까요.

이제부턴 명사가 아닌 동사를 쓰려고 합니다.

나는 잘 먹습니다. 나는 향긋한 커피를 좋아합니다.
나는 시원한 맥주를 좋아합니다. 나는 글을 씁니다.
나는 잘 웃고 잘 웁니다. 나는 책을 자주 읽습니다.

스스로에게 명사가 아닌
동사를 선물해 주셨으면 좋겠습니다.

나 자신이라는 명사 하나만 있으면
어떤 동사든 잘 어울릴 테니까요.

인
생
의

주
연

당신은
당신의 인생에서 유일한 주인공이다.

그 어떤 사람도 당신의 인생에서
주인공이 될 수 없다.

다른 사람들은 그저 스쳐 지나갈
수많은 조연들일 뿐이다.

당신이 어떤 실수를 해도
어떤 실망스러운 행동을 해도
당신은 절대 바뀌지 않을 영원한 주인공이다.

그러니 주인공처럼, 주인공답게
원하는 삶을 살아가면 된다.

고작 그런 일로 아파하냐고 비난하지
말아주세요. 고작 그런 일에도 아파
할 수밖에 없는 약해질 대로 약해진
내 마음을 위로해주세요.

2.

버티는 것이

고작이었던

아픈 마음에게

마음이 무거울 때

구름에 수증기가 모이면
구름이 무거워져 비가 내리게 된다.

우리가 우는 이유도
슬픔이 모여
슬픔이 무거워져
눈물로 흐르게 되는 것은 아닐까.

어두웠던 구름이
한바탕 비를 쏟고 나면
다시 환한 햇살을 만나게 되는 것처럼

우리도 한바탕 눈물을 쏟고 나면
다시 환한 햇살을 만날 수 있지 않을까.

마음이 무거워질 땐
실컷 울었으면 한다.

슬픔이 저절로 눈물되어 흐르는 것만큼
속 시원하고 기쁜 일이 또 있을까.

시원하게 내리는 비가
어지러운 것들을 쓸어가듯

당신의 시원한 눈물이
마음속 어지러운 것들을
모두 쓸어가기를 바란다.

마
음
의

통
증

통증은 우리에게 보내는
무언의 경고이자 구해달라는 신호이다.

그래서 우리는 통증을 느끼면
통증을 느끼는 곳을
본능적으로 잘 사용하지 않으려고 한다.

깜빡하고 사용하다가도
통증을 느끼면 바로 멈추게 된다.

마음의 통증도 마찬가지가 아닐까
통증을 참고 견디라는 것이 아니라
그만 쓰라는 무언의 경고이자
구해달라는 신호가 아닐까.

우리는 몸이 보내는 통증은 잘 받아들이면서
마음이 보내는 통증은 무시하면서 산다.

오히려 마음이 통증을 보낼 때마다
통증을 느끼는 스스로를 탓하며
더 열심히 참고 버티는 것 같다.

마음의 통증도 몸의 통증처럼
마음을 그만 쓰라는 경고라고 생각한다.

그러니
마음의 통증이 느껴진다면
통증이 사라질 때까지
잠시 쉬어가는 건 어떨까.

떠나게 될 거예요

어떤 행복도
잠시 우리 곁에 머물다가 떠나는 것처럼

어떤 슬픔도
잠시 우리 곁에 머물다가 떠날 거예요.

결국 머물렀던 것은 언젠가 떠나듯
슬픔 또한 머물 만큼 머물다
때가 되면 떠날 거예요.
다만 머무르는 시간이 필요한 것뿐이에요.

지금 슬픔 속에 있다면
빨리 떨쳐버리려고 애쓰지 말고
그곳에 머물러도 괜찮아요.

떨쳐버리려고 너무 애쓰면서
나를 괴롭히지 말고
그냥 슬픔 속에 머물러 있다가
다시 일어나는 것이
더 좋을 때도 있을 거예요.

슬픔은 잠시 머물 뿐,
결국 떠나게 되어 있으니까요.

얼
마
나
더
예
쁠
까

가시투성이인 선인장도
색색의 예쁜 꽃들을 피운다.

가시가 있다고 해서
꽃을 피우지 못하는 것은 아니다.

더 진하고 더 예쁘고
더 향긋한 꽃을 피울 수 있다.

그러니
지금 마음에 슬픔과 고통의 가시들이
돋아났을지라도 괜찮다.

언젠가 선인장처럼
가시 박힌 마음에도
꽃을 피울 날이 올 테니까.

슬픔과 고통 속에서
피어난 꽃은
어떤 꽃일까.

얼마나 더 진하고
얼마나 더 예쁘고
얼마나 더 향긋할까.

빛
나
는
너
에
게

잠깐 구름에 가려져
해가 보이지 않는다 하더라도
해가 그 자리에 없는 건 아니에요.

해는 언제나 항상 그 자리에서
환하게 빛을 내며 떠 있어요.

시간이 흘러 구름도 흐르면
완연했던 해의 모습은
또다시 환히 드러날 거예요.

그러니 괜찮아요.
아무리 어두운 구름이 해를 뒤덮어도
해는 항상 환하게 빛나며
늘 그 자리에 있었던 것처럼

잠시 어두운 구름이 당신을 뒤덮어도
당신의 완연한 모습은
조금도 잃지 않고 여전히 환하니까요.

그러니 어두운 구름이 흘러갈 때까지
조금만 더 버티고 참고 기다려봐요.

당신의 환한 빛을
모두가 알게될 날이 곧 올 테니까요

마음을 참으면

인생은 참고 견디다보면
좋은 날이 오기도 하고
좋은 일이 생기기도 하지만

마음은 참고 견딘다고 해서
좋은 마음이 되는 것은 아니다.

마음을 참다보면
어느 순간 도미노처럼 무너진다.

다른 건 다 참아도
마음만큼은 참지 않아야 한다.

참고 또 참게 되면
별거 아닌 것에 서운해지고
속상해지고 서글퍼지고

눈물이 나게 된다.

그러니
마음만큼은 참지 않았으면 한다.

참지 말고 차라리 터뜨려라.
마음을 다 꺼내놓고 울어도 좋다.

깨지기 쉬운 물건은 에어캡으로 여러겹 포장한다.
그러고나서 큰 글씨로 취급주의라고 적는다.
마음에도 그렇게 하고 싶은 순간이 있다.

마음을 여러겹으로 돌돌 감싸서
취급주의라는 문구와 함께
어딘가에 넣어 두고 싶다.

함부로 열어보거나 건들지 말아 달라는 의미와
깨지기 쉬우니 제발 소중히 다뤄달라는 의미다.

누구에게나 한번쯤은 그런 순간이 있다.

그러니
누군가의 마음에 취급주의가 붙어 있다면
깨지기 쉬운 물건을 다루듯

조금만 더 신경을 썼으면 좋겠다.
조금만 더 다정했으면 좋겠다.

한 번 깨져버리면 다시 붙이는데
얼마나 긴 시간이 걸릴지 모르니까.

다시 붙인다 한들
이미 깨져버린 것은
원상복구 할 수 없으니까.

방
어
기
제

각자 다른 이유로 자신을 방어할 뿐
모두 방어기제를 가지고 산다.

자신을 방어한다는 것은
스스로 무너지지 않게
많이 아프지 않게
최선을 다해 자신을 지키는 것이다.

스스로를 위한 방어는
의지가 부족한 것도
나약한 것도
비겁한 것도 아니다.

다만 자신을 지키고 싶었던 것이다.
자신을 보호하고 싶었을 뿐이다.

방어기제라는 건
자신의 자아가 상처 받지 않도록
자신을 지키는 성숙한 일이다.

아
파
해
도
괜
찮
다

당신이 지금 아프다면
충분히 아파해도 괜찮다.

다른 사람이 더 힘들다고 해서
내가 덜 힘든 것도
다른 사람이 더 아프다고 해서
내가 덜 아픈 것도 아니다.

내 상처는 결국 나만의 것이다.

남들한테는 별일 아닌 것처럼 보일지라도
내가 감당하기 힘들만큼 아프다면
그건 충분히 아파할 만한 이유가 된다.

그러니 남들과 아픔의 크기를 비교해서
내 일은 별거 아니라고 생각하지 않아도 된다.

아픈 만큼 충분히 아파하자.
아픔에 눈치 보지 않았으면 한다.

아픔의 몫은 누가 정해주는 것이 아니다.

준비 없이 아픔이 오듯
아픔의 몫 또한
준비 없이 왔을 테니까.

상처에 생긴 딱지를
일부러 떼어내려고 하면
상처는 아물지 않을 뿐더러
오히려 덧날 수 있어요.

자연스레 떨어질 때까지
그대로 둬야 해요.

시간을 가지고
기다려야 해요.

마음의 상처도 그래요.
억지로 떼어내려고 하다가는
오히려 덧날 수 있어요.

상처를 너무 몰아붙이지 말아요.

스스로를 너무 몰아세우지 말아요.

자연스레 상처가 떼어질 수 있도록
스스로를 위로해주며 기다려주었으면 좋겠어요.

.

내
발
밑
에
행
복

우리는 항상 높은 곳에 있는
행복을 잡으려 한다.

이미 바닥에 떨어져 있는
수많은 행복들을 그대로 둔 채로 말이다.

높은 곳에 있는 행복을 잡기 위해
허공에 손을 뻗으며
끊임없이 뛰지 않아도 괜찮다.

행복은 높이 있는 것이 아니라
주위에 떨어져있다.

이미 나에게 떨어진 행복들을
먼저 주워보기를 바란다.

어떤 행복은
정말 내 발밑에
굴러다니고 있을지도 모른다.

요리할 때 냄비는 작은데
욕심을 내서 많은 것을 넣다 보면
꼭 흘러넘치게 돼요.

감당할 수 없는 것들을
결국 토해내게 되는 거죠.

우리 인생도 그런 것 같아요.
인생의 크기라는 게 있는데
다른 사람의 재료가 부러워
그대로 따라 넣게 되면
꼭 흘러넘치게 되는 것 같아요.

요리를 할 때에도
냄비의 크기에 맞춰 해야 하듯이

우리의 인생도
더도 말고 덜도 말고
딱 내 인생의 크기에 맞는
인생을 사는 게 어떨까요.

그것이 비록
남들보다 작더라도
남들만큼 많은 것을 담아내지 못하더라도
나에게 딱 맞는 일 인분의 삶이 되어줄 테니까요.

내
마
음
을
바
꾼
다
면

아무리 간절히 빌고 또 빌어도
비오는 것을 막을 수 없고
바람 부는 방향을 바꿀 수 없다.

사람인 우리가 할 수 있는 일은
고작 빗소리를 들으며 커피를 마시는 것과
바람에 자신을 맡기며 걸어가는 것.

그래, 고작 그런 일로 행복을 느끼는
것밖에는 할 수 있는 일이 없다.

하지만 뭐 어떤가.

큰 무언가를 바꿀 순 없어도
내 마음을 바꿔
내가 행복해질 수 있다면

그걸로도 괜찮지 않을까.

바꿀 수 없는 것을 바꾸려 하지 말고
내 마음을 바꿔 행복해질 수만 있다면
그걸로 충분한 것이 아닐까.

뜯어보지 않은 선물

동네에서 스쳐 지나갔던 카페가
우연히 들어가 보니 마음에 쏙 들었고

근처에 있지만 가지 않았던 음식점이
막상 가보니 너무 맛있는 집이었다.

주변에 행복이 많았는데
행복을 열어보지 못했다.

주변에 선물들이 많았는데
선물들을 뜯어보지 못했다.

당신의 인생도 그렇다.
당신은 수많은 선물을 받고 태어났다.

아직 뜯어보지 않은
수많은 선물들이 인생 곳곳에 놓여있다.

당첨된 복권도
긁지 않으면 소용없듯이

아무리 좋은 선물도
뜯어보지 않으면 소용없다.

당신이 받은 인생의 수많은 선물들을
놓치지 말고 꼭 뜯어보길 바란다.

행복을 미뤄두었다

비싼 그릇은
좋은 날에 쓴다며 찬장에 넣었고

좋은 옷은
좋은 날에 입는다며 옷장에 넣었다.

예쁜 구두도 예쁜 장신구도 예쁜 가방도
좋은 날에 쓴다면서 고이 모셔두었다.

사실 예쁘고 좋은 것은
좋은 날에만 쓰는 것이 아니라

예쁘고 좋은 것을 써서
좋은 날을 만들면 되는 거였는데.

더 이상 행복을 미루지 않기로 했다.

행복을 미뤄서 쌓인다면 좋겠지만,
어떤 행복은 우리를 스쳐 지나가거나
미루다가 영영 찾을 수 없게 되어버린다.

아껴두었던 옷들과 장신구들이
시기가 지나 입을 수 없게 되는 것처럼

행복이 항상 그 자리에서
우리를 기다려 주는 것은 아니다.

원하는 모든 것을
할 수 있는 인생은 아니었다.

모든 행복을
누릴 수 있는 인생도 아니었다.

하지만 나에게 부여된 것은
내가 해낼 수 있는 인생이었다.

나에게 부여된 행복은
내가 누릴 수 있는 인생이었다.

모든 것을 할 수 없다고 해서
불행한 인생도 아니었고

아무것도 할 수 있는 것이 없는
인생도 아니었다.

그저 나에게 주어진 것만 해내며
행복해지면 되는 인생이었다.

남
들
과

다
른

나

극장에서
제일 인기 있는 영화를 보았지만
보는 내내 지루했고 재미없었다.

요즘
제일 유행하는 노래를 들었지만
좋다기보다는 별로라는 생각이 들었다.

사람들이
줄 서서 먹는다는 맛집에 갔지만
내 입맛에는 맞지 않았다.

남들과 같은 길을 가려고 했다.
그래서 굳이 가지 않아도 될 길을
억지로 가려고 했던 적이 있었다.

남들과 다르다는 건
이상한 것이 아니라
특별한 것이었는데.

왜 남들과 같은 길을 가려고 했을까.

남들과 같은 길을 가서
행복하지 않은 것보다
남들과 다른 길로 가서
행복한 것이 더 나은 것이었는데.

마
음
의

얼
룩

옷에 얼룩이 묻었을 때
급하게 얼룩을 지우려고 할 때가 있다.

있는 힘껏 벅벅 문지르다가
오히려 얼룩이 더 크게 번지기도 했다.

어떨 때는 세제를 푼 뜨거운 물에
가만히 담가두는 것이
가장 좋은 방법일 때도 있다.

마음도 똑같다.

마음에 얼룩이 묻었을 때
급하게 지우려고 하지 않았으면 한다.

얼룩을 억지로 지우기 위해
세게 벅벅 문지르다간
마음의 얼룩이 더 크게 번지기도 한다.

마음의 얼룩이 지워지기까지
따듯한 곳에서 충분한 휴식을 취하면서
얼룩이 지워질 시간을 가졌으면 좋겠다.

그러면 언젠가 얼룩은 말끔히 사라지고
원래의 마음으로 돌아가게 될 테니까.

밀
물
과

썰
물
처
럼

밀물과 썰물처럼
슬픔이 마음으로
밀려들어올 때가 있고
밀려 나갈 때가 있어요.

저 멀리 몰아내려 해도
마음 깊이 들어와
그 속에 잠기게 만들 때가 있고
언제 그랬냐는 듯
밀려 나갈 때가 있어요.

인생에서 슬픔은
그렇게 저마다의 때에
마치 밀물과 썰물처럼
들락날락하는 것 같아요.

그러니 괜찮아요.

밀물이 있으면 썰물이 있듯이
당신이 슬픔 속에 잠길 때가 있으면
모든 슬픔이 썰물처럼
밀려나갈 때도 있을 테니까요.

지금이 밀물 때라면
썰물이 될 때까지
조금만 더 버티면 되니까요.

곧 썰물이 시작되겠네요.
당신의 모든 슬픔이 쓸려 내려가겠네요.

그냥이라는 말 뒤에

당신이 '그냥'이라는
말 뒤에 숨지 않았으면 좋겠다.

'그냥'이라는 말에
당신의 힘듦을 묻고
슬픔을 묻지 않기를 바란다.

'그냥 할 만해. 그냥 버틸 만해. 그냥.'

당신이 대수롭지 않게
별일 아니라는 듯 넘기려고 했던
'그냥'이라는 말에 우리가 알지 못하는

얼마나 큰 힘듦과
얼마나 큰 슬픔이 숨겨져 있을까.

그러니
힘들면 힘들다고
슬프면 슬프다고
솔직하게 말했으면 한다.

다시 행복해져야 할 당신이
마음껏 투정부리고
마음껏 위로 받고
마음껏 치유 받았으면 좋겠다.

당신의 힘듦과 슬픔에 걸맞게
마땅한 위로와 마땅한 치유를
받기를 바란다.

마음
충전하기

우리는
휴대폰의 배터리가 부족하면
충전을 한다.

충전을 할 여건이 안 되면
최대한 배터리가 소모되지 않게

밝기도 줄이고 안 쓰는 어플도 끄고
불필요한 에너지가 소모되지 않게
저전력 모드로 바꾼다.

마음의 잔량이 부족할 때도
그래야 한다.

마음을 충전하거나
마음을 충전할 수 있는 여건이 안 된다면

덜어내기라도 하는 것이다.

불필요한 감정 소모를 최대한 줄이고
마음을 덜 사용해서
마음의 에너지를 덜 소모해야 한다.

계속해서
무분별하게 마음을 쓴다면
결국 마음은 방전되고 말 것이다.

기
억
하
지 마
세
요

싫은 것들은
눈에 박힌 가시처럼
못마땅하고 거슬려
다른 것들을 볼 수 없게 만든다.

그래서
당신도 잊고 살았나 보다.
당신의 좋은 점도 좋은 친구도
좋은 추억도 소소한 행복도
행운도 아주 많다는 것을 말이다.

당신에게 있었던 나쁜 일이나
당신을 힘들게 한 나쁜 사람들
당신이 갖고 있는 단점처럼
기억하고 싶지 않은 것들만 기억하지 말자.

당신은 좋은 것들을
많이 가진 사람이다.

싫은 것들에 가려져
잊어버리고 살았던 것뿐이다.

인생에서 싫은 것들을 빼보면
좋은 것들이 많이 보일 것이다.

꼭
꼭
씹
어
주
세
요

우리는 감정을 꼭꼭 씹어야 해요.
제대로 소화되지 못한 감정이
어느 날 울컥 쏟아지기 전에 말이에요.

감정은 절대 그냥 소화되지 않아요.
아무 생각없이 그냥 넘기고 또 넘기다 보면
마음속 어딘가에 쌓이게 돼요.

차곡차곡 쌓이던 감정이
어느 날 참지 못하고 울컥 쏟아지게 되면
감정도 나도 너무 힘들게 되겠지요.

아
낄
줄
알
아
야

한
다

우리는 너무 큰 마음을 내어놓고
너무 큰 상처를 받는다.

때론 우린 마음을 덜 내어주고
덜 상처받을 줄도 알아야 한다.

아무에게나
당신의 마음을 내어주지 말아야 한다.

나
의

마
음

조
각

사람 마음이라는 게
가끔은 도미노 같다.
작은 한 조각만 쓰러져도
우르르 다 쓰러져 버리니까.

그렇게 속절없이 쓰러지는 데에는
불과 수십 초도 안 걸리겠지만
그걸 또다시 세우는 데에는
수십 분 수백 분이 걸릴지도 모른다.

그래서 참 슬프다.
마음이라는 게 쓰러뜨리기는 쉬워도
다시 세우기는 참 어렵다는 게 말이다.

그러니 우리는
나의 마음 조각을 쓰러뜨려서도

다른 사람의 마음 조각을 쓰러뜨려서도 안 된다.

나의 마음 조각도
다른 사람의 마음 조각도

단 하나도 쓰러지지 않게
잘 지켜내며 살았으면 한다.

저
마
다

아
픔
이

있
기
에

더위를 잘 타는 사람과
더위를 잘 타지 않는 사람

매운 것을 잘 먹는 사람과
잘 먹지 못하는 사람

배고픔을 잘 참는 사람과
잘 참지 못하는 사람

이렇게 다양한 사람들이 있듯이

같은 상처에도
더 아파하는 사람이 있고
덜 아파하는 사람이 있다.

남들보다
더 많이 더 오래 아파한다고
잘못된 것은 아니다.

굳이 다른 사람과 비교해서
마음을 삭이거나 숨기지 않아도 괜찮다.

스스로 힘들다면 힘든 게 맞으니까.
힘들면 맘껏 힘들어 하고
울고 싶으면 속 시원히 울기를 바란다.

사람마다 받는 상처의 크기와
감내하는 정도는
모두 다 다를 테니까.

다
음
에
　
말
고
　
이
번
에

다음에 돈 많이 벌면 해외여행 갔다 와야지.
다음에 여유 생기면 좋은 가방 사야지.
다음에 이사 가면 집 예쁘게 꾸며야지.
다음에 성공하면 부모님께 효도해야지.

우리는 너무 많은 행복을 다음으로 미루지만
조금만 행복의 기준을 낮추면
바로 지금 누릴 수 있는 행복들도 많다.

기약 없는 다음을 기다리며
소중한 지금의 행복들을
모두 놓치고 있는 건 아닐까.

가까운 국내여행이더라도 이번에 가고
덜 좋은 가방이어도 이번에 사고
이사를 가지 않더라도 이번에 집을 꾸미고

성공을 하지 않았더라도 이번에 효도하자.

조금만 기준을 낮춘다면
우리는 지금도 충분히 행복을 누릴 수 있다.

조금만 행복을 가까이에 둔다면
우리는 지금도 충분히 큰 행복을 누릴 수 있다.

행
복
은

일
상
에

있
다

행복은 강도보다
빈도가 더 중요하다.

집을 사고 차를 사고 시험에 합격하고
승진을 하고 해외여행을 가고
호캉스를 즐기고 크루즈를 타는 것처럼

사소하지 않은 행복은
매일 반복되는 일상이 될 수 없고
일상을 벗어난 잠깐의 행복일 뿐이니까.

그러니
행복은 일상 속에 있어야 하는 것이다.

일상 속에 있는 작고 소소한 행복이
매일매일을 살아갈 이유가 될 테니까.

맥주 한 잔과 함께 영화를 보고
친구들과 맛있는 음식을 해먹고
캔들 워머를 켜고 잔잔한 노래를 듣고
퇴근길에 붕어빵과 호떡을 사고
발길이 닿는 대로 하늘을 보며 산책하는 것.

이런 작고 소소한 행복이 매일 계속된다면
우리는 또다시 하루를 살아갈 힘을 얻게 될 테니까.

나
의

모
든

순
간

그런 생각을 한 적이 있다.

영화나 드라마를 볼 때
지루하거나 원하지 않는 장면을 넘기는 것처럼
우리 인생에도 그런 부분들은 넘기고
좋아하거나 원하는 부분만 보며
살아갈 수 있다면 얼마나 좋을까.

하지만 영화나 드라마를
그냥 넘기면서 보다 보면
중요한 대사를 놓칠 수도 있다.

찰나의 아름다운 장면을
찰나의 환한 순간을 말이다.

인생도 마찬가지인 게 아닐까.

보기 싫었던 부분에서
찰나의 아름다움이
넘기고 싶었던 부분에서
찰나의 환한 순간이 있을 수도 있지 않을까.

그래서 우리는
매 순간순간을 마주하면서
인생을 살아가야 하는 것이 아닐까.

그냥 넘기고 싶었던 장면에서도
얻게 되는 것이나 놓치고 싶지 않은
찰나의 순간들이 분명 존재할 테니까.

내
가
먼
저

내 손이 차가우면
다른 사람의 손을 잡아도
따스함을 줄 수 없는 것 같아.

어쩌면
그 사람의 따스한 온기까지도
내가 뺏어 가게 될지 몰라.

내 마음이 행복하지 못하면
다른 사람의 행복을 보아도
진심으로 축하해주기 어려운 것 같아.

어쩌면
그 사람의 행복한 기분까지도
내가 뺏어 가게 될지 몰라.

항상 내가 먼저
행복해져야 하는 것 같아.
그것이 조금은 이기적이고
조금은 비겁한 선택일지라도 말이야.

내가 먼저 행복해져야
다른 사람과 함께
행복해질 수 있을 테니까.

서로의 행복이
서로에게 닿아
더 많이 행복해질 수 있을 테니까.

우
리
도 그
렇
게 자
란
다

잡초는 자란다.

시멘트 바닥 틈에서도
뿌리를 내리며 자라고

깨진 벽 틈에서도
담벼락 사이에서도
어김없이 비집고 나오며 자란다.

꽃을 피우지 못해도
잡초는 계속해서 자란다.

저 멀리 내던져져도
어떤 눈길 하나 닿지 않아도
잡초는 꿋꿋하게
뿌리를 내리면서 말이다.

누군가의 사랑을 받지 못해도
항상 그렇게 꿋꿋하게 살아간다.

계속해서 삶을 이어간다.

내
삶
에

대
한

의
무

인생이 뭐 별거겠어요?

나의 행복을 최우선으로 해서
하루하루를 살아가면
그것이 쌓여 내 인생이 되는 거죠.

우리는
다른 사람을 행복하게 해주기 위해
태어난 것이 아니에요.
자신을 행복하게 해주기 위해
태어난 거예요.

그러니 내 삶에 대한 의무는
나 자신의 행복을
최우선으로 삼는 거예요.

그건 이기적인 것도
잘못된 행동도 아니에요.
삶에 대한 의무를 지키는 것뿐이에요.

그러니
나 자신을 최우선으로 삼으세요.
나의 행복을 최우선으로 삼으세요.

그러면 자연스럽게 행복은 흘러넘쳐
다른 사람에게까지 흐르게 될 테니까요.

아
무

이
유

없
는

어떤 불행은
하면 안 되는 일을 했거나
해야 할 것을 하지 않아서
생긴 일이 아니다.

그냥 아무 이유 없이
일어나는 일이다.

갑자기 비가 와서
흠뻑 젖게 되는 것처럼 말이다.

그러니 그만 자책하기를 바란다.
혹여나 자신의 잘못으로 일어난 일이 아닐까
스스로를 의심하고 탓하지 않기를 바란다.

절대 당신의 잘못이 아니다.

자신을 탓하지 말고
내게 불행을 준 사람과 상황을 탓해라.

이제 그만 자신을 위로해주어라.
당신은 충분히 그럴 자격있다.

피
어
날
거
야

지구상에서
가장 건조하고 척박한
아타카마 사막에 꽃이 폈대요.

이천만 년 동안 단 한 번도
꽃을 피우지 못했던 사막에
이례적인 폭우가 왔고
이백여 종이 넘는 꽃이 폈대요.

그저 척박한 땅인 줄 알았는데
그 안에 수많은 씨앗들을 품고
비가 내리길 기다리고 있었던 거예요.

그저 황폐한 땅인 줄 알았는데
무수한 꽃씨들이 숨어 있던 거예요.

어쩌면 우리도
내 안에 잠재된 무언가가 있는데
주어진 환경과 상황 때문에
아직 꽃을 피우지 못하고 있는 건 아닐까요.

지금은
사막 같은 삶을 살고 있다고 해도
언젠가 사막에 내린 비처럼
우리도 비를 만나게 되면

분명 내 안에 잠재된 무언가가
꽃을 피우게 될지도 몰라요.

행
복
해
지
는
길

행복한 인생을 산다는 건
그저 운 좋게 주어지는
행운만을 받는 일이 아니었다.

행복을 향해
걸어가야 되는 일이었고
행복했던 순간들을
늘려가야 하는 일이었다.

나를 행복하게
만들어 주는 사람들을 만나
나를 행복하게
만드는 일들을 하는 것.

그것을
추억하고

그리워하며

또다시
쉬지 않고
행복을 찾아가는 것.

그렇게 행복했던 순간들을
늘려가는 것.

그것이
소중한 내 인생이
행복해지는 길이었다.

우리는
때론 너무 많은 것들을 가지려고 한다.

양손 가득 너무 많은 것들을
쥐고 있으려고 하니까
오히려 소중한 것들을
잡지 못하게 되는 것 같다.

양손 가득 많은 것들을
잡고 있는 것보다

한 쪽 손은
사랑하는 사람의 손을
잡고 있는 것이
더 행복하지 않을까.

우리 사랑하는 사람을 위해
한쪽 손은 비워두자.

양손 가득 많은 것들을
가진 사람보다

사랑하는 사람의 손을
잡아줄 수 있는 사람이
더 멋진 사람일 테니까.

옆
길
로

새
면

어

때

옆길로 새면 뭐 어때.
꼭 한 길로 쭉 가야 한다는
법이 있는 것도 아니고.

다른 사람들의 눈에는
장밋빛 길이지만,
나에게는 그저
가시밭길일 뿐이라면

빠르게 빠져나와
옆길로 가는 것도 좋지 않을까.

옆길로 새는 것은
꾸준함이 없는 것도
나약한 것도 아니야.

그저 나에게 맞지 않은 길을
빨리 빠져나온 것뿐이야.

계속 가시밭길을 걷는다면
더 많은 상처를 남기게 될 테니까.

때론 가던 길에서 옆길로 새야지만
새롭고 아름다운 길을 만날 수 있을 테니까.

우리도 언젠가 열매를 맺고
꽃을 피우게 될 날 올테니
그때까지 그저 자라자.

3.

사는 게
무척이나
버거운 너에게

기
다
려
주
세
요

처음부터 좋은 결과물을
얻는 사람은 없다.

아무리 타고난 천재라도
마음에 드는 그림을 그릴 때까지
수정하고 또 수정한다.

무언가를 이루고 싶다면
지금 눈앞에 보이는 초라한 결과물에
지치지 않아야 한다.

내가 원했던
좋은 결과물을 얻지 못했다고 해서
의기소침해하지 않아야 한다.

끝까지 나를 믿고 포기하지 않는다면
지치지 말고 초라한 결과물을 참아낸다면
원했던 수준에 가까워질 수 있을 것이다.

그러니
끝까지 지치지 않고 갈 수 있도록
스스로를 지나치게 자책하거나
질책하고 비난하지 말자.

스스로를 믿고
기다려주도록 하자.

완벽하지 않은

우리는 모두 완벽하지 못해요.
완전무결한 사람들도 아니에요.
우리는 그저 불완전한 존재들일 뿐이에요.

처음 태어난 세상에서
처음으로 인생을 살며
찰나의 순간을 살다 가는데
어떻게 평생 완벽하고
평생 완전무결할 수 있을까요.

몇 년 정도는 인생을 방황해도 되고
몇 년 정도는 인생을 낭비해도 되고
몇 년 정도는 완벽하지 않아도 괜찮겠지요.

때론 완벽하고 완전무결한 일을 하는 것보다
하고 싶은 일을 하는 것도 괜찮겠지요.

그것 또한 인생이겠지요.

우리는 완벽한 일을 하기 위해
태어난 것이 아니라
하고 싶은 일을 하기 위해
태어난 것일 테니까요.

우리는 완벽하지 않음으로써
무언가를 배워나가는 사람이니까요.

잘
하
지 않
아
도
돼

예전의 내게 자신감은
어떠한 것을 잘할 수 있을 것 같거나
어떠한 것에서도 이길 수 있을 것 같은
그런 강한 확신에서 왔었다.

하지만
요새 내 자신감은
잘하지 않아도 될 것 같은
그런 마음에서 오는 것 같다.

잘하지 않아도
괜찮을 것 같은 마음

잘하지 않아도
나를 위로할 수 있을 것 같은 마음.

잘하든 잘하지 않든
나 자신은 달라지지 않을 것 같은 마음.

그런 확고하고 든든한 마음에서 오는 것 같다.

인
생
의

온
도

물이 항상 변하지 않고 같은 온도라면
아무 일도 일어나지 않을 것이다.

라면 하나 끓일 수도
차가운 물 한 잔 마실 수도 없다.

물이란 건,
어떨 때는 뜨겁게 끓어올라
무언가를 들끓게 하고
어떨 때는 차갑게 얼어붙어
무언가의 열기를 식혀줄 수도 있어야 한다.

인생도 그렇다.
어떨 때는 뜨겁게 끓어오르고
어떨 때는 차갑게 얼어붙어
무언가를 해내고 이룰 수 있어야 한다.

그러니
뜨거워지고 차가워지는 것을
무서워하지 않아도 된다.

인생에서 온도가 바뀐다는 것은
어떤 변화가 일어나고 있다는 것이니까.

항상 변함없는 온도를 바라기보다는
달라지는 온도를 즐겨보는 게 어떨까.

어떨 때는 뜨겁고
어떨 때는 추울지라도 말이다.

별
거
아
닌
불
안

막상 하면 별거 아닌데
아직 한 번도 해본 적이 없어서
오는 불안이 있다.

처음 가는 해외여행이 그렇고
처음 하는 연애가 그렇고
처음 보는 면접이 그렇고
처음 가게 된 학교가 그렇고
처음 가게 된 회사가 그럴 것이다.

하지만
우리는 수많은 처음을 해왔고

막상 하고 나면
처음처럼 불안해하지 않을 거라는 걸 안다.

그러니 일단 해보자.
해보면 알게 될 것이다.

어디까지가 일어날 불안이었고
어디까지가 일어나지 않을 불안이었는지.

불안은 가만히 둔다고
저절로 사라지는 것이 아니라
겪어야지만 사라지기도 하니까.

흔
들
려
도

괜
찮
아

계획에 없는 상황에 놓였을 때
우연의 우연이 거듭되었을 때
생각대로 뜻대로 풀리지 않았을 때
더 재밌는 에피소드가 생기는 것 같아요.

그러니 인생을 살면서
예기치 않은 상황에 놓이더라도
갑작스러운 우연의 우연이 거듭되어
내 인생을 조금 헝클어 놓는다 하더라도
생각대로 뜻대로 되지 않는 인생에
갈피를 못 잡고 흔들린다 하더라도

너무 두려워할 필요는 없지 않을까요.

인생은 여행과도 같아서
가끔은 길을 잃는 것도

그 길에서 새로운 사람을 만나는 것도
새로운 우연을 거듭하게 되는 것도
모든 것이 생각대로 이루어지지 않는 것도

언젠가는
인생에 재밌는 에피소드가 되어줄 테니까요.

가
끔
은 저
도 된
다

매번 이기려고
노력하지 않았으면 좋겠다.

가끔은
마음에도 몸에도 지고
날씨에도 사람에도 지고
고난과 역경에도 지고
시련과 실패에도 져보자.

가끔은 져도 괜찮다.
항상 이길 수 없으니까.

항상 이기려고 노력하는 건
너무 고되고 고달픈 일이다.
나를 힘들게 하고
나를 지치게 하는 일이다.

가위바위보도 삼세판을 해서
두 번만 이기면 되는 것처럼
인생에서도 매번 이길 필요는 없다.

가끔은 멈추기도 하고
주저앉기도 해야
다시 뛸 수 있는 것처럼

가끔은 져야 힘이 생긴다.
가끔은 져야 다시 이길 수 있다.

다
치
지
않
기
를

산에 잘 올라가는 사람은
내려가는 것도 잘 내려간다.
다시 원래의 자리로 내려가는 것을
두려워하지 않는다.

또다시 올라가면 된다고 생각하기 때문이다.
그래서인지 내려가야 하는 시점이 오면
성큼성큼 잘 내려가는 것이다.

우리 인생에서도 내려가야 할 때가 있다.
원래의 자리로 돌아가야 할 때가 온다.

그렇게 인생에서 내려가야 하는 순간이 오면
다치지 않고 잘 내려가기를 바란다.

올라가는 것보다
내려가는 것을 더 잘해야 한다.

당신이 어디까지 오르고
어느 높은 곳까지 갈 수 있는지는
크게 중요하지 않다.

당신이 내려가다
주저앉지 않기를

내려가야 할 때 잘 내려갔다가
올라가야 할 때 잘 올라갈 수 있는

그런 사람이 되기를
진심으로 바란다.

버거웠던 것뿐이다

나이가 든다고 해서
삶이 쉬워지지는 않겠지만

또다시 실수하고 실패하고
실망하고 후회하겠지만

적어도 스스로를 다그치는 일은
더 이상 하지 않기로 합니다.

인생은
우리에게 너무도 많은 것을 요구합니다.

꿈을 요구하고 재능을 요구하고
열정을 요구하고 노력을 요구하고
성실함을 요구하고 용기를 요구하고
좋은 기회를 요구하고 좋은 타이밍을 요구하고

심지어 알맞은 때의 알맞은 운까지도 요구합니다.

그러니
우리가 지금 이룬 것이 아무것도 없을지라도
무언가를 크게 이루어 성공하지 못했을지라도
그건 우리 탓이 아닐 겁니다.

인생에서 무언가를 이룬다는 것은
참 많은 것들이 요구되기에
우리에게 너무 버거웠던 것뿐입니다.

그러니
스스로를 다그치는 일은
더 이상 하지 않아도 괜찮습니다.

완
벽
한

순
간

인생에도 신호등이 있다면 좋겠지만
인생에서 그런 건 존재하지 않는다.

어떤 곳이 안전한 곳인지
어떤 순간이 건너도 되는 때인지
전혀 알려주지 않는다.

그러니
완벽한 때를 기다리며
주위를 두리번거릴 수밖에 없다.

계속해서 두리번거리다
지금이라는 생각이 든다면
그때는 순간을 놓치기 않기 위해
자기 자신을 믿고
무조건 건너가야 한다.

내가 생각하는 때에
내가 생각하는 곳에서
나를 믿고 건넌다면

그때가 바로
결코 이르지도
결코 더디지도 않는
최고로 완벽한 순간일 테니 말이다.

실
수
하
면
어
때

어렸을 때에는
펜으로 글 쓰는 것을 무서워하지 않았다.
잘못 쓰게 되면 펜으로 직직 그어버렸다.

깔끔하게 쓰려고도 완벽하게 쓰려고도
잘못 쓴 것들을 모조리 지우려고도 하지 않았다.

지금도 때론 그런 용기가 필요하다.
실수하게 되는 것을 무서워하지 않는 용기
실수한 것을 직직 그어버리고
다시 시작할 수 있는 용기
그것을 숨기려고 하지 않는 용기.

누구에게 보여주려고
그토록 깔끔하고 완벽하게 쓰려고 했던 것일까.
실수한 흔적을 꼭 지워야만 할 필요는 없다.

그러니
잘못 쓰게 될까 봐
지운 흔적이 남게 될까 봐
펜을 들지 못하는 사람이 되지 말자.
마음껏 펜을 휘두를 수 있는 사람이 되자.

잘못 쓰면 직직 그어버리자.
그렇게 계속 쓰자.
쓰는 것을 멈추지 말자.

각기 다른 모습으로

숨이 턱 끝까지 차오를 정도로
앞만 보고 뛰어가는 사람도

좀 늦더라도 끝까지 포기하지 않고
천천히 걸어가는 사람도

빠르게 길을 찾아
한 길로만 가는 사람도

이 길 저 길 다니다가
겨우 길을 찾은 사람도

결국 어떤 길도 찾지 못하고
다시 출발점으로 돌아오는 사람도

모두 저마다의 인생에서
저마다의 행복을 누렸으면 좋겠다.

누가 옳고
누가 틀린 것 없이

그저 저마다의 순간에서
행복을 누렸으면 좋겠다.

선
택
의

두
려
움

누구나 어떤 선택 앞에서 두려움을 느낀다.

이 선택이 맞는 선택일까 두렵고
지금보다 더 나빠질까 두렵고
다가올 결과를 책임지는 것이 두렵다.

하지만 우리는 무언가를 얻기 위해서
선택을 해야 하고 도전을 해야 한다.

두려움이 크기에 따라
선택이 달라지는 것은 아니다.

선택을 했던 사람들은
두려움이 작아서가 아니라
자신을 위해 두려움을 이겨내고
행동으로 옮길 줄 알았기 때문이다.

인생을 살면서
나에게 기회 한 번을 제대로 주지 않는다면
번번이 걱정과 두려움을
이겨내지 못하고 주저앉는다면

무언가에 한번 나를 온전히 걸어보지도
열정을 다해 살아보지도 못한다면

훗날 오게 될 후회는
내가 나를 막았다는 후회가 아닐까.

나와 내 인생을
시시하게 만들었다는 것이
인생의 가장 큰 후회가 되지 않을까.

한계를 받아들이다

사람들은
모두 한계를 가지고 산다.

때론
어떤 일에 실패했다면
그건 내 잘못이 아니다.
그저 안 되는 걸 했기에
안 됐을 뿐이다.

열심히 노력해도
안 되는 일은
누구에게나 있다.

그 모든 것을
내 책임으로 돌린다면
결국 스스로를 무너지게 할 것이다.

내 실력은 이 정도이구나.

이렇게 생각하고
한계를 인정하고
받아들이는 것이

어쩌면
한계를 뛰어넘는 법일 지도 모른다.

구르면 구를수록 눈을 뭉쳐
몸을 키우는 눈사람처럼

우리도 인생에서
구를 수밖에 없는 순간이 온다면
구르고 굴러 몸집을 키운다고 생각하자.

구르면 구를수록
더 커지고 더 단단해지는 눈사람처럼
더 커지고 더 단단해지라고 말이다.

언
젠
가
는
올
거
예
요

지금 당장 원하는 것을 얻지 못했더라도
쉽게 포기하지 않았으면 좋겠어요.

원래 가장 갖고 싶은 것은
제일 늦게 나오는 법이거든요.

어렸을 때 원하는 것이 나오지 않더라도
포기하지 않고 동전이 생길 때마다
뽑기를 하러 갔던 것처럼
그래서 결국 원하는 것을 뽑은 순간처럼

우리도 포기하지 않으면
언젠가 원하는 것을
얻게 되는 날이 꼭 올 거예요.

터
널
의
끝
에
는

모든 터널에는 끝이 있다.
너무 깜깜해서 끝이 보이지 않더라도
우리는 멈추지 않고 계속 걸어가야 한다.

그래야만 우리는
터널 끝에 있는 빛을 만날 수 있다.

당신이 있는 곳은 동굴이 아니라
끝이 있는 터널이다.

하지만
당신이 걷는 것을 포기한다면
터널은 동굴이 되어버릴 것이다.

영원히 빛을 보지 못하고
동굴에 갇혀버리게 되는 것이다.

멈춰 선 곳과 주저앉은 곳에서는
빛을 볼 수 없다.

결국 빛을 보고 싶다면
빛을 향해 걸어가야 한다.

빛을 향해 걸어가다 보면
어느새 터널은 끝나있을 것이다.

가
려
졌
을
뿐
입
니
다

날씨가 좋지 않은 날엔
하늘의 아름다움이 일시적으로 가려집니다.

하지만 그건 날씨가 좋지 않은 것일 뿐
아름다움이 사라진 것은 아닙니다.

우리에게도 그런 순간이 있습니다.
몸과 마음이 아파서
상황이 좋지 않아서
연달아 실수하고 실패해서
자신의 아름다움을 보지 못할 때가 있습니다.

자신의 못나고 부족한 모습만을
실수하고 실패한 모습만을
더 부풀려서 볼 때가 있습니다.

하지만 돌이켜 생각해보면

분명 내가 나이기에
무언가를 해낸 순간이 있었고
무언가를 얻었던 순간이 있었습니다.

기뻤던 순간이 있었고
다행이었던 순간이 있었습니다.

그러니
지금 처한 상황에 속지 마세요.

당신의 아름다움은
잠시 가려진 것일 뿐
조금도 사라지지 않았습니다.

나
에
게
도 충
분
히

아이가 울고 있을 때
"울지 마. 아이스크림 사줄게."
라며 울음을 멈추게 하는 것보다

울고 싶은 만큼 울 수 있게
가만히 안아주는 것이
더 큰 위로일 것이다.

아이가 넘어졌을 때 일어나라며
손을 잡아 억지로 일으켜주는 것보다
스스로 바닥을 짚고 일어설 수 있을 때까지
바닥에 앉아 같이 기다려주는 것이
더 큰 위로일 것이다.

"빨리 다시 일어서. 일어서. 일어서야 돼."
그렇게 계속해서 외칠 것이 아니라

다시 일어서기를 무서워하고
두려워하고 겁먹은 마음을
모르는 척 그냥 넘기지 않으면서

천천히 다시 일어설 수 있을 때까지
기다려주었으면 좋겠다.

그것이
바로 나 자신이든 사랑하는 사람이든
일어설 수 있는 충분한 시간을 주는 것.

그것이 누군가에겐 가장 큰 위로일 테니까.

단
순
하
게

살
자

우리는 걸을 때
걷는 모습을 생각하지 않는다.

자전거를 탈 때에도 어떻게 하면
넘어지지 않을까 걱정하면서 타지 않는다.

그냥 걸을 뿐이고
자전거에 앉았으니 페달을 밟을 뿐이다.

너무 많은 생각과 걱정을 하며 살지 말고
우리도 그렇게 단순하게 살아가자.

깊은 생각과 걱정은
오히려 우리를 움츠러들게 만들 테니까.

그러면 되는 거였다

남들보다 빠르게 앞서야만
이룰 수 있는 것도

남들보다 느리게 천천히 가면
이룰 수 없는 것도 아니었다.

빨리 일어난 새는 먹이를 빨리 먹으며
하루를 빠르게 시작하면 되는 거였고

늦게 일어난 새는 먹이를 늦게 먹으며
하루를 느리게 시작하면 되는 거였다.

모두 저마다의 시작과 끝을
행복하게 보내면 충분한 것이었다.

나
침
반
처
럼

나침반을 돌려본다.

처음에는 크게 흔들리다가도
이내 옳은 방향을 가리키며 멈춘다.

우리 인생도 그럴 것이다.

이리저리 흔들리고
갈피를 못 잡다가도

결국에는
옳은 방향을 가리키게 될 것이다.

그러니
지금 흔들리고 있다면
옳은 방향을 찾기 위한 과정이라고 생각하자.

처음부터
옳은 방향을 가리킬 수는 없다.

흔들릴 대로 흔들리다가
서서히 옳은 방향으로 향하게 될 것이다.

인
생
이
라
는

퍼
즐

아무리 멋진 그림 조각을
갖춘 퍼즐이더라도

퍼즐 조각을
한데 모아 맞추지 않는다면
그건 결코 멋진 그림으로 완성될 수 없어.

완벽한 멋진 그림을 보고 싶다면
더디더라도 한 조각 한 조각 모두 모아
맞추며 그림을 완성해 나가야 하는 거야.

너의 인생도
지금 당장은 하나의 조각일 뿐이야.

완성된 그림이
눈앞에 보이지 않는다 하더라도

분명 멋진 조각들을 하나하나 모아
맞추어 가고 있다고 생각해.

너의 모든 날 모든 순간들이
너의 모든 노력 모든 마음 모든 애씀이

너의 멋진 그림을 이루는
한 조각 한 조각이 되고 있는 중인 거야.

그러니 포기하지 말고
조각들을 모두 모아 맞추어 보자.

그러다 보면
어느덧 인생의 멋진 그림이
네 눈앞에 있을 테니까.

새
로
운

이
야
기

이미 틀렸다고 생각했지만
그저 한 문장의 마침이었을 뿐이고

모든 것이 끝났다고 생각했지만
그저 한 단락의 마침이었을 뿐이다.

이미 틀렸고
모든 것이 다 끝났다는
생각이 들 때에도
다음 문장과 다음 단락을 시작할 수 있다.

우리는 언제든 새롭게
새로운 문장과 새로운 단락을 시작할 수 있다.

그러니 아직 틀리지도 끝나지도 않았다.

그저 어떤 한 부분에서
마침표를 찍었을 뿐
인생의 마침표를 찍은 것이 아니다.

어떤 한 부분에서
마침표를 찍었다는 것은

또 다시 새로운 이야기가
시작된다는 것을 의미할 뿐이다.

그
저

자
라
자

나무는 몰랐을 것이다.
본인이 어떤 열매를 맺게 되고
그 열매가 얼마나 아름답고 값진 것이 될지.

꽃은 몰랐을 것이다.
본인이 어떤 꽃을 피우게 되고
그 꽃이 얼마나 아름답고 값진 것이 될지.

그들은 그저 자랐다.
비를 맞고 바람을 맞이하고
햇볕을 쬐며 그들은 그저 자랐다.

자라고 보니 열매를 맺게 되고
자라고 보니 꽃을 피우게 되었을 뿐이다.
그랬을 뿐이다.

우리도 그래야 하는 것이 아닐까.
무엇이 될지 몰라 불안해하고
아무것도 보이지 않는다고 불안해하지 말고
그저 자라야 하는 것이 아닐까.

스스로를 먼저 시들게 하지도
스스로를 먼저 꺾어버리지도 말자.

우리도 언젠가 열매를 맺고
꽃을 피우게 될 날 올테니
그때까지 그저 자라자.

열심히 비를 맞고
바람을 맞이하고
햇볕을 쬐며 자라자.

고
양
이
처
럼

싸움에도 기세가 중요하듯
인생에도 기세가 중요하다.

아직 아무것도 시작되지 않았는데
결국 나는 안 될거라고 생각하거나
나는 절대 무리라고 생각하거나

싸워봤자 지게 될 거라고 생각한다면
뭘 해도 정말 잘 안 풀리지 않을까.

조그만 고양이도 싸우기 전에
털을 부풀리고 꼬리를 세우고
몸집을 더 크게 보이기 위해
노력하며 상대를 위협하듯이
우리도 그런 기세를 닮아야 한다.

고개를 들고
가슴을 활짝 펴고
허리를 꼿꼿하게 세우며
당당하게 살자.

인생에 등 돌리지 말고
당당하게 기세를 부리며
그렇게 살자.

그렇게 살다보면
적어도 내 인생에 겁먹지 않고
당당하게 용기를 냈던 사람으로 남게 될 테니까.

정
답
으
로

가
는

길

시험에서 떨어졌을 때,
무언가에 도전해서 실패했을 때,
누군가와 만나 좋지 않게 끝이 났을 때,
시간과 돈만 날렸다는 생각이 들었을 때.

그런 선택을 한 자신이 너무 밉고
도무지 후회를 멈출 수 없을 때
들었던 생각이 있다.

어쩌면 오답을 지우게 된 것 아닐까.

오지선다형 문제를 풀 때
가장 적절한 것을 고르라고 하면
가장 적절하지 못한 오답부터
하나씩 모두 지워나갔던 것처럼

내가 인생에서 하는 실패들 또한 오답들을 지워
정답에 가까워지기 위한 것이 아니었을까.

그러니 잘못된 선택을 했다고
괜한 선택을 했다고 후회하지 않았으면 한다.

언젠가 하게 될 선택을 빨리 선택하여
오답이라는 것을 알게 된 것뿐이니까.

확실한 오답들을 지워나가며
가장 적절한 정답으로 가게 될 테니까.

넝쿨처럼 넘어가길

우뚝 솟아나는 소나무가 아니라면
넝쿨이길 바란다.

길게 뻗어가면서 벽을 감기도 하고
땅바닥에 퍼지도 하다가
기어코 담을 넘어가는 넝쿨.

넝쿨은 자신을 가로막는 것을
원망하거나 피하지 않는다.

바위가 있다면 바위를 부여잡고 올라가고,
나무가 있다면 나무를 칭칭 감아서 올라간다.

그 어떤 장애물이 있더라도
넝쿨을 길게 늘어뜨리며 감아서 올라간다.

우리 역시
삶에 나를 가로막는 것이 있다면
그것을 부여잡고 올라가든
칭칭 감아 올라가든
해야 하는 것이 아닐까.

어떤 방해물 없이
우뚝 솟아나는 소나무가 될 수 없다면
어떤 방해물도 감싸 안으면서 올라가는
넝쿨이 되기를.

그렇게 기어코
담을 넘어가기를.

포
기
할 용
기

살면서 낸 가장 큰 용기는
마음을 접고 단념하며
무언가를 그만둔 것이었다.

다니던 학교와 회사를
오래 준비하던 시험을
그동안 공부해왔던 전공을
남들과 같이 걸어가던 길을
앞이 보이는 길을 그만둔 것이었다.

지금까지 쌓아왔던 모든 것을 내려놓고
다시 처음으로 돌아가 새롭게 시작하는 것.

계속해서 전진하고 끝까지 포기하지 않고
걸어가는 것만이 용기가 아니다.

걸어가던 길 앞에서

다른 길로 가보자.
다른 것을 다시 시작해보자.
라고 말하며 뒤돌아 나온 것 또한 용기다.

어른이 된 지금은
무언가를 계속 헤쳐나가는 것보다

무언가를 그만두는 것이
더 큰 용기인 것처럼 느껴진다.

나를 믿고
나에게 새로운 기회를 주는 용기 말이다.

당신이 넘어온 것들

커다란 벽이
나를 가로막고 있는 것처럼 느껴진다면
지난날을 되돌아보세요.

당신이 넘어온
무수히 많은 크고 작은 벽들이 보일 거예요.

그때는 분명 너무 높아
절대 넘어설 수 없을 것 같았던 벽들도

지금 보니 당신에겐 그저
작은 울타리 정도밖에 되지 않았네요.

그러니
이번에도 당신은 벽을 넘어갈 거예요.
아무리 높고 큰 벽처럼 보일지라도

당신은 기필코 벽을 넘어
또다시 작은 울타리로 만들 거예요.

당신은 그런 사람이에요.

당신 앞에 놓인 모든 벽들을
작은 울타리 정도로 만들 수 있는
충분히 대단한 사람이에요.

처음
살
아
보
는
인
생

매일매일이 처음 살아보는 오늘이고
매일매일이 처음 살아보는 내일인데
어떻게 서툴지 않을 수 있을까.

처음 만난 나와
처음으로 함께 인생을 살아가는데
서투른 게 당연한 것이다.

조금 서툴고
조금 어설프고
조금 부족하더라도

나 자신과 처음 살아보는 인생이라
어쩔 수 없는 거라 생각하며
위로해주고 다독여주어라.

서툴 수밖에 없는
나와의 첫 만남을
나와의 첫 인생을
응원해주어라.

서툴고
어설프고
부족하더라도
열심히 사랑해주어라.

잘
하
고
있
다

너무 걱정하지 말아라.

걱정이 앞서면
자신감이 설자리를 잃는다.

당신은 지금 아주 잘하고 있다.

이루어야 할 것들만 보지 말고
남은 것들만 보지 말고

지금까지 당신이 이룬 것들도
찬찬히 돌아보아라.

당신은 충분히 많은 것들을 이루었고
천천히 더 많은 것들을 이루어 갈 테니.

걱정을 옆으로 밀어내고
그 자리에 자신감이 설 수 있도록
노력했으면 좋겠다.

걱정이 커져 당신이 서야 할
모든 자리를 뺏어가지 않게 해야 한다.

당신은 충분히 이룰 수 있는데
걱정이 당신의 모든 자리를 뺏어간다면

그것만큼 슬픈 일이 또 어디 있을까.

낭
비
해
도
괜
찮
아

인생이 자소서도 아니고
매번 스펙을 쌓아야 하는 것도 아닌데
조금은 인생을 낭비하고 살아도
조금은 인생을 허투루 살아도 괜찮지 않을까.

누군가에게 매달려보기도 하고
누군가를 잊지 못해 슬퍼하기도 하고

이것저것 다 해보다가 그만두어도 보고
충동적으로 무언가를 저질러도 보고

그렇게
인생에서 실수도 실패도 해보고
방황도 후회도 원망도 해보고
그래도 되는 것이 아닐까.

그래야 인생이 재밌지 않을까.

한 평생
내 계획대로 내 의지대로
완벽하게 흐트러짐 없이

할 수 있는 일들만
해야 되는 일들만 하고 산다면
인생이 너무 지루하고 길지 않을까.

산
책
하
듯
이

산책의 좋은 점은
잘하지 않아도 괜찮다는 것.

출발선도 결승선도
통과해야 되는 어느 지점도
올라가야 되는 어느 지점도 없다는 것.

그저 내가 원하는 곳에서 시작하여
내가 원하는 곳에서 끝낼 수 있다는 것.

한 걸음 한 걸음
내가 걷는 이 길이
바로 내 길이 된다는 것.

그것이 산책의 미학이자 묘미가 아닐까.

꼭 잘하지 않아도
굳이 무언가를 해내고 이루지 않아도

내 길을 걸을 수 있다는 것이
좋은 시간을 보낼 수 있다는 것이
산책이 지니는 충분한 의미가 아닐까.

그런 의미에서 어쩌면 인생도
산책처럼 살아야 하는 것인지도 모르겠다.

살
아
갈
준
비

아무 때에나 알을 깨고
세상 밖으로 나올 수 있는 것이 아니다.

충분한 준비가 되었을 때
스스로 용기를 내어 알을 깰 수 있을 때

그때 비로소 우리는 알을 깨고
세상 밖으로 나올 수 있다.

누군가가 강제로 알을 대신 깨준다면
우리는 제대로 살아갈 수도
제대로 세상을 버틸 수도 없다.

지금 당장 세상 밖으로
나오지 않아도 괜찮다.

지금 알 속에 있다면
그건 당신이 세상 밖으로 나가
멋지게 살아가기 위해
완벽한 준비를 하고 있다는 거니까.

제일 긴 부화 기간을 거쳐 태어나는 새도
제일 짧은 부화 기간을 거쳐 태어나는 새도
모두 저마다의 완벽한 준비를 갖춘다.

우리 인생도 비슷하다.

모두 완벽한 순간에 알을 깨고 나와
멋지게 세상을 살아갈 것이다.

마음
챙
기
면
서

해
요

"건강 해치면서까지 일하지 말고
건강 해치면서까지 운동하지 말고
건강보다 중요한 것은 없으니까
잃고 나서 후회해봤자 늦으니까
꼭 건강 챙기면서 해."
라고 말하는 것처럼

당신에게 이런 말을 해주고 싶다.

"마음 해치면서까지 뭐든 잘하려 하지 말고
마음 해치면서까지 다른 사람에게 잘해주고
억지로 배려하고 이해하지 말고
잃고 나서 후회해봤자 늦으니까
꼭 마음 챙기면서 해."

어떤 일도 건강만큼 중요한 것은 없듯이,
사람에게도 마음만큼 중요한 것은 없다.

그러니
무리하지 않았으면 좋겠고
뭐든 잘하려 하지 않았으면 좋겠다.

그것이 일이든 사랑이든 관계든
마음을 지키는 것보다 중요한 것은 없을 테니까.

하
루
를
보
냈
다

그냥 지나가는 일이라고 하기엔
시간이 모든 것을 해결해줄 거라고 말하기엔
지금 당신이 너무 힘들다는 걸 알고 있다.

당신의 힘든 하루하루가
끝나지 않고 이어지고 있다는 걸.

하지만
당신은 결국 오늘 하루를 떠나보냈다.

다른 사람들보다도
훨씬 긴 오늘 하루를 결국 떠나보냈다.

당신이 힘겹게 견딘 오늘 하루는
내일을 모레를 훗날을
조금 더 편하게 해줄 것이다.

조금 더 잘 견딜 수 있게
조금 더 편하게 잠들고
조금 더 편하게 눈을 뜰 수 있게

그렇게 만들어 줄 것이다.

당신, 참 잘하고 있다.

의
미
없
는
날
은
없
다

하던 것들을 모두 포기하고
내려놓았던 순간에도

아무것도 하지 않고
가만히 누워있던 순간에도

쓸데없는 걱정과 우울감에 사로잡혀
꼼짝할 수 없었던 순간에도

그래서 무기력한 스스로가
원망스럽고 못나 보였던 순간에도
맥박은 늘 뛰고 있었다.

끊임없이 살기 위해
분당 수십 번을 뛰고 있었다.

그러니
열심히 살지 않았던 날은 없었던 것이다.

아무것도 하지 않고 있다고 생각했던
순간에도 우린 살기 위해 열심이었던 것이다.

하루하루를 허비한 것이 아니라
그것 또한 삶이었을 뿐이다.

열심히 살아낸 삶이었을 뿐이다

우리는 몸이 조금만 아파도 병원에 가서 치료를 받으려 하는데, 저는 마음이 비명을 질러도 모르는 척했습니다. 왜 마음이 아픈 건지 살피지 않았습니다. 마음이 보내는 신호를 무시하고 방치했습니다. 마음의 고통도 진단이 필요하고 치료에 전념할 수 있는 시간이 필요한데 말이죠. 어쩌면 제 마음은 계속 이렇게 소리치고 있었던 건지도 모르겠습니다.

'너의 마음은 지쳤고 무기력해.'
'너는 상처받았고 슬프고 억울해.'
'전치 12주야. 마음 치료에 전념해.'

이 책이 잠시나마, 당신의 마음을 치료하는 시간이 되었기를 바랍니다. 20대의 저는 뭔가를 이루기 위해 쉼없이 달렸습니다. 30대가 된 지금, 가장 큰 행복은 조카의 웃는 얼굴입니다. 고개만 돌리면 볼 수 있는 곳에 저의 행복이 있습니다. 저는 당신의 근처에도 그런 행복이 있을거라 믿어 의심치 않습니다.

　세상에 나와 있는 수많은 책 사이에서 저의 책을 읽어준 당신께 진심으로 감사 인사를 드립니다.

- 행복을 담아, 윤슬 드림

행복과 친해지기로 했습니다

1판 1쇄 발행 | 2020년 03월 24일

지은이 윤 슬
편 집 정소연

발행인 정영욱 | **기 획** 정소연 | **교 정** 정영주
도서기획제작팀 정영주 김태은 정소연 박제희
디자인마케팅팀 백경희 김혜빈 김혜지 유해인 | **영업팀** 정희목 김상준

펴낸곳 (주)부크럼
주 소 서울특별시 구로구 구로동 237 지하이시티 1813호
전 화 070-5138-9972~3 (도서기획제작팀)
이메일 editor@bookrum.co.kr
인스타그램 @bookrum.official
블로그 blog.naver.com/s2mfairy
포스트 post.naver.com/s2mfairy

제작처 (주)예인미술

ⓒ 윤 슬, 2020
ISBN 979-11-6214-324-7